半月行

BAN YUE XING

丁毅 ◎ 著

中国广播影视出版社

图书在版编目（CIP）数据

半月行 / 丁毅著. --北京：中国广播影视出版社，2023.12
ISBN 978-7-5043-9164-3

Ⅰ.①半… Ⅱ.①丁… Ⅲ.①诗集－中国－当代 Ⅳ.①I227

中国国家版本馆CIP数据核字（2023）第245029号

半月行
丁毅　著

责任编辑	王　波
责任校对	张　哲
装帧设计	中北传媒

出版发行	中国广播影视出版社
电　　话	010-86093580　010-86093583
社　　址	北京市西城区真武庙二条9号
邮政编码	100045
网　　址	www.crtp.com.cn
电子邮箱	crtp8@sina.com

经　　销	全国各地新华书店
印　　刷	廊坊市海涛印刷有限公司

开　　本	880毫米×1230毫米　　1/32
字　　数	120（千）字
印　　张	9.25
版　　次	2024年1月第1版　　2024年1月第1次印刷

书　　号	978-7-5043-9164-3
定　　价	98.00元

（版权所有　翻印必究·印装有误　负责调换）

序

半月也半世，半世也半月。行半世，看了半月，半月也行了半世。半月伴着襁褓，孩提，垂髫，束发，而立，不惑，天命。半月在无忧无虑，天真烂漫里是美丽的，而在不断远去的日子里，阴晴圆缺也就有了悲欢离合。世事总是在循环中永恒上演，而主题似乎从未改变，世世代代，生生不息。

因此那个永续的追问，从哪里来？到哪里去？是谁？是什么？为何？世界不断被这些问题萦绕，却从不回答，也许最终只能归于天命。世界本来就是无，最终也还是无。

在太多的未知与无知中度日，不知道自己，也不知道世界，也许来也无意，去也无意。来这一回，感受了冷暖，分辨了黑白，看懂了美丑，洞悉了善恶。也逐渐心存善念，于己而物，从而放下执念，回到心灵与世界最初的联结。

我用诗来叙事，用诗来领悟，用诗来追问，用诗来回归，时光久远，日月常在。

正所谓：

天若有情天亦老，月如无恨月常圆。

水东流尽千秋泪，日旧落云无处还。

别无他事，无非而已。

妙缴

2023年4月30日于贵阳

目 录

第一部分　古体诗…001

孤　夜	003	烤番薯	015
光阴飞梭去	004	对酒英雄逝	016
浪子迹天涯	005	武候臣极	017
秋　雨	006	闲楼春晓	018
晓	007	黄果树瀑布	019
傍晚随儿游嘻	008	清　明	020
小儿欢雪	009	春　踏	021
回居闲路	010	古声夜遇	022
夜过台北	011	落盘玉	023
归	012	对　雨	024
静秋至	013	落文飞	025
忧　夜	014	空影泪	026

又遇明月夜短满忆…………	027
无　发………………………	028
三顾今………………………	029
醉　月………………………	030
踢　月………………………	031
故　人………………………	032
络　雪………………………	033
怜秦赋………………………	034
伤　音………………………	035
霜　途………………………	036
月明屋长……………………	037
浮途无云……………………	038
碎清照………………………	039
冬眠晚楚……………………	040
天河潭居……………………	041
佳　人………………………	042
过　睡………………………	043
望春无节……………………	044
纪念李文亮医生……………	045
元　宵………………………	046
夜雨寄鄂……………………	047
荷　蒲………………………	048

第二部分　近体诗…049

长安梦回……………………	051
草堂西岭……………………	052
对影无乡……………………	053
春雨夜寄……………………	054
清　明………………………	055
月下三更……………………	056
晚影唤月……………………	057
与同学聚于车田……………	058
初秋晚晴……………………	059
往雨初寒……………………	060
小儿开学返教室写海报题诗寄学	
………………………………	061
七夕月啾……………………	062
江塘潮秋……………………	063
月　半………………………	064
溪楼唱晚……………………	065
春　又………………………	066
新月点春……………………	067
春　溪………………………	068
清　明………………………	069

躺 云	070	**第三部分 词**	**093**
别 走	071		
春江花月夜	072	采桑子·元宵	095
卷影秋尘	074	临江仙·江山	096
七 月	075	卜算子·医圣吟	097
霜 回	076	水调歌头·邀月	098
霜 降	077	如梦令·除夕	099
除夕夜忆	078	鹧鸪天·别望归	100
春头午动	079	水调歌头·春熙	101
清 明	080	长相思·绒花	102
壬寅春擎	081	相见欢·离伤泛	103
清 明	082	清平乐·晚归	104
傍春晚雨	083	忆秦娥·月啼落雪	105
壬寅立夏晚春还冷	084	醉花阴·提花满袖	106
筑屋听雨	085	临江仙·左手指月	107
立秋梧桐道月夜	086	水调歌头·啼月	108
2023元旦	087	满江红·八佰	109
问日晚归	088	浪淘沙·落春眉	110
雨 水	089	声声慢·旧识梅雨	111
清 明	090	如梦令·晚秋别路	112
谷 雨	091	点绛唇·古道青碎	113
晚春几度闲情	092	念奴娇·山河新朝	114

003

西江月·浮云无途	115
菩萨蛮·凝乡	116
江城子·怀节	117
临江仙·归来	118
沁园春·天地	119
浣溪沙·旧人	120
虞美人·西风入眠	121
虞美人·晚影霜台	122
忆秦娥·楼台醉别	123
醉花阴·春苏点夜	124
青玉案·一桥泪秋	125
秋花立	126
淡黄柳·问花	127
摸鱼儿·端午	128
水调歌头·中秋	129
一剪梅·除夕	130
卜算子·立春	131
如梦令·惊蛰	132
江南春·春分	133
渔歌子·清明	134

第四部分　杂言 135

夏至午雨	137
华岁离	138
春晓喜行	139
归去	140
念年长细雨怀书	141
念秋圆中秋往忆	142
暮雪	143
夜来节夕正月惦永失	144
梦中似见李杜	145
曹公缅怀	146
春漫花溪	147
梦回春江东流	148
夜重重	149
望乡	150
烟波去月	151
年华	152
往日惊鹭	153

第五部分　白话诗…155

忆	157
春　夜	159
春　稚	160
游　想	161
秋　步	162
游·雪	163
晨	164
寄　托	165
空　白	166
无	167
叶	168
雨　思	169
身边的你	170
时　间	172
守　候	173
天边的妈妈	175
爱上一生	177
长大的牵挂	179
永远在你身边	181
远　去	182

尘　埃	184
妈　妈	186
丢　了	189
凝　曦	191
不顾一切	193
带风离开	195
离开的天空	197
走　过	199
老地方	201
那是我们的岁月	203
方　向	205
走不走嘞	206
征　途	208
凝　止	210
待你凯旋	211
这个夜晚	213
确　定	215
伴你在夜	217
妈妈去加班了	219
月	222
呜咽落夏	223
夜月牵梦	225

等 风	226	故 乡	257
小脚丫	227	在秋天捧掉线的雨	259
秋 叶	228	衍 射	261
躲猫猫	229	很 短	263
空 床	230	潮起潮落	264
等着风的妈妈	232	吹着深夜的秋天	265
落雪回家	234	等 夜	266
数不尽的夜	235	躺在星空下化成浮尘	267
元 宵	236	叶落在远去的风	269
田野，青草	237	吹着一到的春天	270
孤 岛	238	雨又下过了的季节	271
闪 烁	239	童年的石头	273
春 天	240	儿童节	275
星 桨	241	秋天相遇在白天和黑夜	276
绒花雨	242	远去的世界	277
回 家	243	越走越远的那年	279
陷 在	244	四月的最后一天	280
繁 花	246		
我在青春那里等你	249	后 记	282
平塘晚吹	252		
黎 明	253		
我真正成了你	254		

第一部分

古体诗

孤 夜

夜茫音尽消,独灯伴学影。
稍卧孤胆心,一夜入天明。

注:写于青少年时期,深夜读书,沉浸少年情怀。

光阴飞梭去

光阴飞梭去,长夜短成眠。

明日继明日,忽间早白发。

注:写于青少年时期,求学感叹时光飞逝。

浪子迹天涯

浪子迹天涯,思乡忆归依。

头上染白霜,欲罢泪两行。

注:写于青少年时期,离乡几日忽然归思怀。

秋　雨

秋雨细缠绵，丝丝贴丹青。
吹起迷薄雾，疑是游梦情。

注：写于青少年时期，一秋日细雨缠绵。

晓

晓光出云霞，寒风略知暖。

远眺楼高处，欢愉系心连。

注：写于青少年时期，一冬日阳光暖出，心情欢畅。

傍晚随儿游嬉

小月栖山梢,童嘻乐随彼。

欢戏难觉时,稍逝凉静深。

注:写于2017年6月7日晚,陪小儿于贵阳小河兴隆小区玩耍。

小儿欢雪

雪稀风纷落,随遇安庭静。

童悦不察寒,尽嬉晶聚抟。

注:写于 2018 年 2 月 2 日中雪后,看小儿于兴隆小区玩雪。

回居闲路

四十小径悠,绕耳斯年欢。

菁菁不知日,岁岁已多至。

注:写于2018年7月14日,与小儿回花溪少时尸拆故居遗迹。

夜过台北

夜深激水清,风急稀灯明。
荧惑穹天引,舟畅浪踏吟。
咫尺伸欲触,朦胧恨眼拙。
尽揉净目穷,稍滞远碧蓉。

注:写于2018年8月7日00时41分,乘"星梦"游轮过台湾海峡台北处。

归

平遥随漾波澜嫒，斜阳西晕涟水纤。

昶空云游暮沉艳，瑶池宿挥夙归潋。

注：写于 2018 年 8 月 25 日，于宫古岛前滨海湾游玩。

静秋至

水澈入秋静,风微催叶飞。

嚣远尘无踪,声净含镜枫。

注:写于 2018 年 9 月 2 日,花溪黄金大道静坐。

忧 夜

夜烛尽无眠,稀静独雨空。
音绝只唯杳,尧黄东日渺。

注:写于 2018 年 10 月 31 日,夜怀上古。

烤番薯

番红以为薯,炉红以急熟。

吱吱终绝土,嘘嘘都入鼓。

注:写于 2019 年 1 月 27 日晚。

对酒英雄逝

对影双人醉不归,江山多殊总同途。

再饮相顾只相泯,欢颜相交仙去处。

注:写于 2019 年 2 月 21 日 01 时 11 分,读南门太守著《三国全史》,叹曹操、刘备。

武侯臣极

闲野春睡足,茅庐携对谋。

出师尽忠粹,臣极万世表。

注:写于 2019 年 2 月 22 日 00 时 45 分,读南门太守著《三国全史》,叹诸葛亮。

闲楼春晓

流光泛云涯,碧风唤柳丫。

初晴升绵华,暖晖揉春花。

天宸盈徽舒,古楼秀新初。

闲行广袤清,妍晨拂城英。

注:写于2019年3月9日12时02分,记贵阳初春闲行。

黄果树瀑布

瀑布落下天际云,狂腾鸿啸锦争鸣。

薄绮虹跃潭龙飞,不时霞客梦回追。

白君浅目庐山水,回世惊叹仙尘坠。

注:写于 2019 年 3 月 17 日 00 时 36 分,赞黄果树瀑布。

清 明

其一

燕回春鸣早,稚语清蕨小。

雨思坠下落,浸日日更深。

逝年时时念,复年念此时。

久遇多梦夜,相亲两头线。

注:写于 2019 年 4 月 6 日 19 时 01 分,记花溪水库边,上山祭奠母亲。

春　踏

鹰遥空净天尽洗，芽翠风细鹊枝喜。

侧岭远回青山近，悠幽日丽斜柔汀。

注：写于 2019 年 4 月 8 日 09 时 29 分，回忆清明山上看花溪水库与天空的一派清净美丽。

古声夜遇

行行晚径青,远远幽谷新。

疾疾远音近,声声盘玉停。

注:写于 2019 年 5 月 2 日 22 时 12 分,记平塘天眼游。

落盘玉

盘玉落下万尘去,梭梭直疾幕成曲。

寂寞含声千秋影,缭缭银絮万日今。

注:写于2019年5月3日22时30分,感平塘天眼射电望远镜与上古时空的连接与对话。

对 雨

悬雾长落九天脆,霭云骤响溟空碎。

舞叶艳飞池上羽,翩风乱蹋行泥醉。

注:写于2019年5月16日22时50分,记晚上突然一阵大雨之遐想。

落文飞

万古不灭灯,千秋长落文。

狂墨任由飞,妩媚自在挥。

注:写于2019年5月16日23时00分,写祭拜太白文。

空影泪

昆仑不言溢,凝目自觉情。

滴水留沉晰,空影泪重袭。

注:写于 2019 年 6 月 19 日 22 时 33 分,看影视剧《鬼吹灯》中一段,感兄弟情深。

又遇明月夜短满忆

山银婉泻缓,凡尘独静悒。

忽短急驰夜,路沉旧时月。

注:写于 2019 年 7 月 22 日 23 时 51 分,明月夜,夜景幽婉,时间飞逝。

无　发

华发去孤页，唯悯华发少。

晨初避日荫，暮终挥无毫。

注：写于 2019 年 7 月 24 日 23 时 08 分，调侃自己年岁已长，头发掉落，时光故去。

三顾今

三顾别走青丝径,泪离乡音绕庐忆。
掀尽鸿尘乾坤意,川逝定军待嘶吟。

注:写于 2019 年 8 月 16 日 20 时 22 分,回忆南阳祭拜诸葛亮,出师未捷身先死。

醉 月

醉月杯中摘,饮尽月踪思。

慌忙吐碎月,重明去月惊。

注:写于2019年9月12日13时25分,回忆中秋对月饮酒。

踢 月

天上不知何月,只下九霄弄却。

踢去莫名空晃,惹得一身笑颜。

正恼糊涂足逍,躺下指手接月。

久等爪空乱舞,看是飘月秃旋。

注:写于 2019 年 9 月 12 日 13 时 46 分,回忆中秋对月饮酒乱舞。

故　人

故人再无觅，乡水近难踪。

远舟处寒寻，孤沙枯泪迹。

注：写于2019年10月1日09时50分，看一纪录短片，叹乡水依在，人去无踪。

络 雪

一夜乱飞络雪素,梅枝悄喜染白头。
蓦然久楚去寒道,婉道绵绵霜娆娆。

注:写于2019年12月1日13时45分,感初冬雪落梅枝,美景怡人。

怜秦赋

盼影空入眠,哪有朝时短。

悲悯长袭风,望年无觉欢。

注:写于2019年12月13日13时25分,读流沙河著《流沙河讲古诗十九首》感。

伤 音

乐伤清独鸣,楼高盼音顾。

识浅忽相知,立久等稀鹄。

注:写于 2019 年 12 月 16 日 23 时 25 分,读流沙河著《流沙河讲古诗十九首》感。

霜 途

我怜思君老,望山见人空。

秋发染霜途,相宜为哪时?

注:写于2019年12月18日00时05分,读流沙河著《流沙河讲古诗十九首》感。

月明屋长

月明千古事,照人久相愁。

合欢总长离,闺思一独屋。

注:写于 2019 年 12 月 22 日 00 时 15 分,读流沙河著《流沙河讲古诗十九首》感。

浮途无云

自生豪悯不觉迷，狂路奔涌末无途。

醒罢悲哀空浮云，只留万道泪天孤。

注：写于2020年1月3日00时18分，读苏轼的《西江月·世事一场大梦》感。

碎清照

洒碎如梦夜,半生剪愁眉。
声声依窗田,雁空花憔悴。

注:写于 2020 年 1 月 4 日 14 时 11 分,忆李清照词及生平感。

冬眠晚楚

冬眠晨来只晚,闲来纸笔婉书。

红尘你处留楚,牵走别离紧住。

注:写于 2020 年 1 月 4 日 16 时 00 分,冬夜叹古今相思。

天河潭居

凉露三秋还,笃深离飞叶。

宛水天影罩,一点河花夜。

注:写于2020年1月4日16时08分,游天河潭景区景色,早至晚归。

佳 人

独酌一杯佳人泪，扉湿一片冰心碎。

依窗纱披朱红旧，久漆新尘难复对。

注：写于2020年1月7日12时34分，叹古人才子佳人别离苦愁。

过 睡

日过无梦枕,时进目怎休。
夜孤独坐立,频呼再无宁。

注:写于 2020 年 1 月 29 日 19 时 23 分,晚上不能入眠,独坐听呼噜声。

望春无节

春来冬节去，薄衣思暖徽。

九阶望天高，泪走泉下裉。

雏鸭画寒水，单梅沉枝灰。

望在深夜孤，依人无枕归。

注：写于 2020 年 2 月 3 日 22 时 15 分，2019 年底新冠疫情于武汉爆发，叹来年春天万家团圆，而有的家人却再无相见。

纪念李文亮医生

山雨愁绵长泪干,远苍萧瑟空幻影。

君声无吟知音湖,乃盼碎凌唤芳晴。

注:写于 2020 年 2 月 7 日 01 时 10 分,叹李文亮医生最先提醒新冠疫情,然而这天他也染疫而逝。

元 宵

初元急步几人留,日沉月黯春眉愁。

对酒旧碗新年丘,遍呼不应空君缶。

注:写于2020年2月8日19时00分,叹元宵佳节又至,然而有的就只能空杯唤与新塚。

夜雨寄鄂

雨鸣落春宁,烛醒彻夜远。
异有家山憬,依在千里月。

注:写于 2020 年 2 月 15 日 02 时 11 分,感支援武汉的医务人员劳苦之余只能望月思乡。

荷 蒲

荷蒲一池生，涟漪且相近。

剑傍守菡露，夏仲滂沱泪。

注：写于2020年3月3日00时04分，读流沙河著《流沙河讲古诗十九首》感。

第二部分 近体诗

长安梦回

秋风落叶满长安,天舞翩枫起惘繁。

晨起喧嚣行旧路,华池苦等作空欢。

注:写于 2019 年 3 月 11 日,小儿突然对长安发出感叹起了首句,于是感叹长安华清的悲欢离合,似乎自己回到那个时代,感慨万千。

草堂西岭

草堂西窗雪,好雨入春苏。

睡露花丛里,孤亭与老屋。

注:写于2019年2月8日21时01分,小时与父母去过杜甫草堂,37年后我带小儿再入草堂,既是怀念,也是感叹。

对影无乡

对酒思飞淌，孤舟影落霜。

山窗明月榻，嗟复过他乡。

注：写于 2019 年 4 月 25 日 00 时 12 分，读太白的诗，感叹他人生跌宕，有乡无还。

春雨夜寄

春鸣落夜宁,烛雨醒冬凝。
远寄家山憬,千里牵月明。

注:写于2020年2月15日13时56分,2020年的第一场春雨袭来,看着窗外细雨绵绵,想把温暖寄给远在他乡支援武汉的医务人员。

清 明

其二

故径清明雨，新风乱复行。

停足还旧日，暮下落归鸣。

注：写于 2020 年 5 月 3 日 01 时 58 分，清明一家人祭拜母亲，老路上点点小雨，停在墓前回忆旧时，日落才依依离去。

月下三更

夜户三更落月衣,独林尽处寄相离。
一行老泪谈孤影,朽伫无鸣会远滴。

注:写于 2020 年 5 月 15 日 19 时 50 分,半夜三更,月光落在山间,只有细细风声,仿佛看见杜甫的孤老身影独自在林中徘徊。

晚影唤月

又寄浮云月,清空淼不回。

霜台斜晚风,挽影唤声归。

注:写于 2020 年 7 月 4 日 23 时 12 分,看着天空的云和月,晚风是吹着月光洒下的台阶,仿佛看见过去的岁月,声声召唤。

与同学聚于车田

半月鸣潭影，星宁点路馨。

徒封停旧画，启日唤归音。

注：写于 2020 年 7 月 30 日 23 时 27 分，暑假来临，与同学相聚，点点星星安静地躺在天空，大家忆往昔，畅谈且欢。

初秋晚晴

日进初秋舞,携风渡晚沧。

玲珑飘汉水,浩瀚绣纤廊。

晃烂嬉涣影,婆娑弄星芒。

玄空逸古道,夜静月花霜。

注:写于 2020 年 8 月 6 日 20 时 50 分,7 号就立秋,看着晴朗夜晚,天蝎座旋臂挂在空中,像与时空融为一体,无忧无虑。

往雨初寒

晚雨寒晨外,风霖眷叶流。
弯弓啼醒夜,一草一枯秋。

注:写于 2020 年 8 月 9 日 12 时 02 分,突然夜晚一场雨,凉意顿起,又想起往事,看着地上飘落的枯叶和黄草,感叹万物终会凋零。

小儿开学返教室写海报题诗寄学

潮月升明露,恬屋起慧龄。
噫天嘘九数,儿语梦夕汀。

注:写于 2020 年 8 月 17 日 18 时 05 分,小儿新学期即将开始,几个家长返校打扫卫生,我画板报,随即题诗一首于报板,寄托同学们要好好学习。

七夕月啾

月纺云裳听晚啾，风眠停树挽清羞。

溪吟归叶来时路，星浃河廊络远秋。

注：写于 2020 年 8 月 25 日 21 时 22 分，农历七月七，蟋蟀嬉鸣，缓缓走在月光铺满的小路，小溪潺潺，一幅秋夜的美景。

江塘潮秋

潮起嘶吟醉璧篱,挥涛岸涌霰秋弥。

风凉忘却怎萧瑟,古月江塘照卷堤。

注:写于2020年9月6日15时30分,读描写钱塘江古诗,自己也感悟一首。

月　半

散互浓秋外，轻翩晚叶铃。
半生识老月，夜树唱重行。

注：写于 2020 年 9 月 30 日 23 时 50 分，又到中秋，时间仿佛写着一遍又一遍的重复故事。

溪楼唱晚

溪楼对月慕秋升,故水停洲醉晚灯。
睡予清风谈夜去,新弦弹露静无声。

注:写于 2020 年 10 月 24 日 00 时 16 分,晚上走在甲秀楼,月亮挂在楼上,河水轻轻淌过岁月,清风悄悄,夜深静怡。

春 又

几露春潮立,瑶帘挂雨青。
谁花欣梦递,梦日唤更鸣。

注:写于2021年2月3日11时42分,初春游始,小雨淅淅,潮湿的空气中鸟语清香。

新月点春

起醉昏林晚,闲庭看月眉。

停春悬故道,夜坐点新杯。

注:写于 2021 年 2 月 14 日 21 时 19 分,春节假期,太阳落山,弯弯新月挂在西面道路之上,举杯庆祝新春的到来。

春 溪

春鸣日暖起辰溪,芽翠题花叫雀啼。
忽入春风不识路,醉得满树乱揉衣。

注:写于 2021 年 2 月 28 日 23 时 12 分,春天到来,天气一天天暖和起来,花开鸟叫,春风欢快,树木欢舞。

清 明

其三

夜半题枯泪,清明雨未迟。

纷纷春道落,醒去旧月时。

注:写于 2021 年 4 月 12 日 08 时 10 分,清明时分,又是细雨绵绵,梦回往昔,醒来如今。

躺　云

山野闲云磊，青风渡苍茫。
凡花无尽处，影过几萍溏。

注：写于2021年6月6日16时47分，与朋友家相约游玩，躺在草地仰望天空，看着落日斜影于溏水。

别 走

走落朝思慕,孤霞聘晚沧。
长聊何不到,剩去夜更坊。

注:写于 2021 年 6 月 29 日 23 时 10 分,朝阳很快就成了落日,晚霞映日江水,感叹半世苍苍,日已渐去。

春江花月夜

春吟挪袖满衣青,拂柳吹堤动乐铃。
天水相接牵碧色,云烟互挽起轻盈。
新枝错落填花舞,天叶悠然究画屏。
倾写溪林雏有醒,悄揭冬日换寒凌。

春江泛舞进州川,两岸啼急融雪斑。
江阔遥遥呼远岭,风哗漾漾缀青山。
古滩映入嬉白鹭,信步频出慌幼帆。
举浪乘花东去水,浅来迟日顾鸣欢。

春芳漫入醒寒溪,细柳青江藏雾迷。
晨露点花生日晕,暮霞染叶醉香妮。
落云来解春生雨,滴水新织花粉衣。
绣满锦书添纺幕,冬栖苞蕾画春蹄。

春月浮江静未休，波江披月弄潮流。
吹音落户寒宫宿，推月行舟汉水游。
夜淌纱衣含月婧，星眠春睡走娇羞。
孤舟对月思乡语，老月传音照故楼。

春夜绵绵喜雨微，细声默默入桃梅。
花重香匮梳青艳，帘起风铃挑瘦眉。
晚水藏身闲夜睡，稀灯点影满星陪。
游离暖媚新花夜，江月眠淡浸复菲。

注：写于 2021 年 7 月 10 日 09 时 55 分，春天，春天的江水，春天的花，春天的月，春天的夜，是我们的乡愁，是我们的春愿。

卷影秋尘

山啾鸣卷月，北影照徘徊。

枯涧石中岁，黄昏露上白。

空竹孤晚久，老榻故朝来。

世世婆娑泪，一秋落枕埃。

注：写于 2021 年 8 月 10 日 16 时 33 分，秋景引来伤感，屋内独思。

七 月

七月惹思喃,秋新采菊还。

山端明皎皎,夜半几何槃?

注:写于 2021 年 8 月 20 日 22 时 56 分,秋后游玩,菊花已开,归途明月照着山间,即使是深夜也被快乐萦绕。

霜 回

饮碎中秋夜,梨花泪旧悲。

无声滴梦再,月静寄霜回。

注:写于 2021 年 9 月 21 日 09 时 40 分,中秋又来,思绪又似回到从前。

霜 降

霜松天上落,泪自月明生。

小径问枯影,蹒跚回老声。

注:写于2021年10月23日12时56分,已是霜降节气,树木渐疏,顿觉自己渐老。

除夕夜忆

似梦千花树,随风渡旧年。

梅芳夕入醉,筑景寄春繁。

注:写于2022年2月1日00时35分,除夕夜,看着窗外烟花烂漫,憧憬着繁华春天的到来。

春头午动

春头枝鸟动,日寐照窗斜。

午醒还清梦,忽悠冬寤别。

注:写于 2022 年 2 月 4 日 12 时 24 分,早上起来,睡了个懒觉,太阳暖洋洋地照进屋里,春天真的来了。

清 明

其四

明日忽明日,青山月不停。

春风歇寸草,一岁又清明。

注:写于 2022 年 2 月 19 日 03 时 01 分,时间过得真快,又一年清明时节,青草满坡,清风缓缓。

壬寅春擎

朝日断霁霜,春啼浣久裳。

青风一点路,万物也慌忙。

注:写于 2022 年 2 月 28 日 15 时 20 分,春日迟迟暖,万物苏醒。

清　明

其五

近坐青山语，听风乱晚樽。

清新休早露，挑日嚷山春。

注：写于 2022 年 4 月 5 日 11 时 58 分，正值清明，空气清新，别有一番春意。

傍春晚雨

衔桃几笔已春匀，静看窗声落雨均。

懒醒斜归孤已远，风熙催去晚来寻。

注：写于2022年4月27日17时52分，早晚春雨落下，桃花已开，沐浴着春风，不知不觉已傍晚。

壬寅立夏晚春还冷

夏立见春凇,迟觉季尾踪。

新松栖翠露,返雪印枝红。

午日图花影,三更挂汉琼。

青风不尽兴,追夜动山空。

注:写于2022年5月4日22时40分,突然寒潮来袭,春日雪花飘飘,青白红三色交相辉映,夜晚更是清凉,整夜凉风都在空山呼呼作响。

筑屋听雨

夏雨忽时日已深，几滴坠浪太狂奔。

小歇卧住斜灯影，听点涛声浴晚辰。

注：写于2022年7月27日21时15分，天色已晚，一场大雨从天而降，如浪涛一般刷洗夜晚的星辰。

立秋梧桐道月夜

梧桐听两岸，看月画山楼。

机杼织天色，相思一叶秋。

注：写于2022年8月8日23时17分，花溪黄金大道迎来了秋天，一年中色彩最艳丽的时节，蓝天、白云、秋叶、月色，五彩缤纷。

2023元旦

驰风萦哆嗦，日晚剩山薄。

沉梦摘星露，梅枝静婀娜。

注：写于2023年1月1日06时08分。

问日晚归

晚坐长亭暮，炊烟几线天。

邀杯问落日，复去几云间？

注：写于2023年1月10日18时34分，落日长空，光芒万丈，对日举杯，年复一年。

雨 水

青青昨夜雨,缓缓起雏蘅。

栩栩添山动,声声归雁程。

吱吱言早雾,絮絮唠朝风。

婉婉春来水,悠悠绾碧芃。

注:写于 2023 年 2 月 19 日。

清 明

其六

圆月眠淅雨,尤多断梦余。

空鸣催醒末,疾走忘风徐。

一道闲愁进,两声故语趋。

清山溪水定,听处是乡居。

注:写于 2023 年 4 月 5 日 13 时 15 分。

谷 雨

布谷拂春尽,浮萍浅水盛。

落雨催花去,停舟到晚横。

注:写于 2023 年 4 月 20 日。

晚春几度闲情

春风几度走青山,细雨弹花陌上边。

得意宣铺些点墨,闲情晚到进溪帘。

注:写于2023年4月28日22时52分。谷雨过后,走在晚春的路上,风与青山相伴,碎花铺满陌路,就是贵阳的山水画作,贵阳的小溪潺潺。

第三部分 词

采桑子·元宵

黄昏日暮红月满,叶动惊风,

夜醒初灯,春意元宵入晚羹。

人家对饮愉时闹,炊酒欢声,

呼起升腾,不醉道肴到酩晨。

注:写于2019年2月19日11时23分,元宵佳节,家人欢聚一堂。

临江仙·江山

日月转头孤鸿对,尘嚣已逝江东。

回头豪迈落长空。

须花观羽扇,少梦再隆中。

虚影小溪荒日照,邀杯故友还冬。

游逍遥只享耕躬。

不谈千古事,一笑对苍穹。

注:写于2019年6月25日23时37分,拟在假期携儿赴南阳卧龙岗祭拜诸葛亮而写。

卜算子·医圣吟

娇耳锁心房,堂起人前顾。

晃世多愁梦未休,愿落师乡处。

凄苦乱时狂,暖杵更悲户。

纵去千秋夜已沉,论卷长流赋。

注:写于 2019 年 6 月 27 日 09 时 55 分,拟在假期携儿赴南阳祭拜张仲景而写。

水调歌头·邀月

秋露月中卧，邀影下洲汀。

樽杯急问斜辉，何久坐凉酊？

澹酒不催人醉，只劝山风掠醒，整夜响清吟。

足颤晃山岭，执意暖寒庭。

晚星低，垂霜地，映水平。

天宫若有欢宁，何事恨长明？

都盼时时盈月，照暖人家离散，千里共双行。

孤月不再老，相守眷长亭。

注：写于2019年9月12日10时40分，中秋来临，寄景抒愿。

如梦令·除夕

夕下晚风流舞,万点窗灯如柱。

起手弄飞花,看尽络纱白树。

一步,一步,落入夜半深处。

注:写于2020年1月25日05时14分,除夕夜,从老父家回,偶然冬喜。

鹧鸪天·别望归

诺影十回路雨慌,送亭难驻追几忙。

别家遥念妆依旧,夜梦无辞老月旁。

音且近,眷长廊,

离离日日泪涂霜。

倚窗望断乡儿问,何等欢屋满竟芳。

注:写于2020年1月29日15时27分,看到一批批援助武汉的医务人员离乡背井,与家人泪别,不禁感同身受。

水调歌头·春熙

一夜赋青雨，沁雷唤春铃。

枝头望去年年，风落过西凌。

林上飞嫒佳鹊，两步闲停言旧，迷久陷痴应。

须立不知路，踱复娆熙清。

浣溪流，青花起，漫山亭。

偶来悄遇，抬目凝音醉娴屏。

紧捧心头春上，竟透襟衣馨露，恰入梦多行。

醒榻也春络，伊水到重鸣。

注：写于2020年3月1日14时45分，春至阳光照耀，身心融入，欢愉渐起。

长相思·绒花

芳华挪，散秋泊。

朝去云烟那日昨，轻调画彩梭。

崖满蒌，风满坡。

春逝绒花还绪多，相长旧影踱。

注：写于2020年5月3日17时45分，感电影《芳华》片尾曲《绒花》。

相见欢·离伤泛

春菲泛了离伤,雨茫茫。

又起烟尘还历去年窗。

梨花路,霓裳幕,旧亭坊。

落在月纱清夜潋彷徨。

注:写于 2020 年 5 月 7 日 13 时 08 分,再感电影《芳华》片尾曲《绒花》。

清平乐·晚归

晚霞何驻,照旧双飞路。

自慢轻写流影互,入画难出缓步。

燕来暮过夕阳,闻声急问芳房。

浅笑不回身转,馨风尽漏追旁。

注:写于 2020 年 5 月 23 日 12 时 55 分,看晚霞燕飞,如梦似画。

忆秦娥·月啼落雪

庭楼阙,西风雁叫别时月。

别时月,轻点寒露,夜旁啼雀。

袤声连落烛台乐,起波掠影乘寰夜。

乘寰夜,才鸣故道,又听华雪。

注:写于 2020 年 6 月 1 日 01 时 44 分,儿童节怀念少儿时光,也祝愿小朋友们节日快乐。

醉花阴·提花满袖

入醉提花花满袖，一点红妆透。

散步夜端阳，唤起云扬，细月钩媞柳。

梧桐停鹭听哗叩，朗静波频皱。

哪顾惊凉风，偏解轻舟，乘漱还夕逅。

注：写于 2020 年 6 月 27 日 01 时 55 分，端午节，一轮弯月，夜河边，柳枝飘舞，风景独美。

临江仙·左手指月

指月下三千垒雪,眉间淡起尘缘。

暮成苍浸透双肩。

繁星如你,拾伴影无边。

弹月间匆匆了却,泪飞茫入枯磐。

万年孤等渡今帆。

人间弦落,归处去红莲。

注:写于 2020 年 8 月 15 日 00 时 47 分,听歌曲《左手指月》感。

水调歌头·啼月

盘月露秋影，叶落睡霜凝。
起身醉饮残杯，寒夜踏孤鸣。
蹒路归来何处，荒草偏偏垂乱，碎地叹繁龄。
倚倚问身宿，空榻入凋零。

去凄迷，往夙愿，霰双行。
愿擎辉月，更时升煦照天明。
栖鸟无啼风漏，泣户无歇哀惘，晚处也欢盈。
只盼月常眷，天地共长情。

注：写于2020年9月12日18时49分，中秋将至，愿天下团圆。

满江红·八佰

暮雪纷纷,别易落、长亭涕涕。

一夜短、过了愁尽,只消寒厉。

江岸人家催嗓破,起音断泪无乡壁。

道去了、不尽纽家书,来无递。

潇潇去,烟荡荡。

烟荡荡,茫茫望。

曲终人宵静,再听空榜。

世世尘嚣涂旧地,平生烟雨弹枯莽。

归来兮、夜梦再石桥,题花纺。

注:写于2020年11月03日18时44分,观电影《八佰》感。

浪淘沙·落春眉

忽雨落眉梢,齐画春苞。

悄升岁暖褪寒袍。

一夜眠沉徒碎梦,醉卧青皋。

驰眼望山郊,旧事涛涛。

阑冬逐去泪愁桥。

逝水年年重入画,填笔尘嚣!

注:写于 2021 年 2 月 18 日 13 时 57 分,春日又至,旧事新景。

声声慢·旧识梅雨

凉风沥沥,冷雨淅淅,悲悲切切泣泣。

暗自翻花寻柳,孤谈春壁。

杯空劝晚怎耐,梦更生、醒来难觅。

既醒亦,也无言,但换夜弥晨涕。

满是心头欣喜,急步数、说来旧识梅子。

看自相识,怎对忘言难起。

无言更堆凄凉,叹长亭、旧了遍地。

尽望去,却是那愁落了雨。

注:写于 2021 年 4 月 27 日 23 时 08 分,寄语李清照。

如梦令·晚秋别路

又岁秋深凉涣,吹起那人西站。

何雨走急忙,来往絮如将散。

忽唤,忽唤,难道晚别不见。

注:写于 2021 年 5 月 21 日 23 时 4 分,再寄语李清照。

点绛唇·古道青碎

古道依依，迟来归雁戚戚寐。

繁花初蓓，落了长亭泪。

昨夜情怀，怎尽尘缘酹。

空心碎，去别孤耒，绺下青青穗。

注：写于 2021 年 5 月 23 日 23 时 24 分，纪念袁隆平。

念奴娇·山河新朝

涛天启涌，竞翻云万里，劈山唤日。

就屑它寒淤厉厉，怎挡擎天皆起。

弹指挥遒，星晨冉冉，焕烂重霄碧。

燎燎穹旷，画澜添了春意。

渐去过往烟尘，挥别一世，装换图新笔。

旧叙呼迎天地露，齐揽尽今朝喜。

新梦徐徐，依然抖擞，续垒千江丽。

泱泱华夏，待方长更晴日。

注：写于 2021 年 6 月 25 日 22 时 22 分，感百年成就。

西江月·浮云无途

把手摘云空醉,冬来秋去春伤。

风急逐浪去年狂,回首霾霜悲望。

落夜骤凉枯树,深涯暗去独芳。

云崖何处月明光?卧首凄丝碎躺。

注:写于 2021 年 7 月 10 日 15 时 45 分,寄语苏轼晚景悲凉。

菩萨蛮·凝乡

青山望却烟眉皱,乡思又去一年否?
朝起照翠竹,掸霜撑旧弧。

对言无所见,哪是童音添?
少路已归时,风残空月低。

注:写于 2021 年 7 月 10 日 23 时 08 分,回想回到童年故居,家乡无样,人是物非。

江城子·怀节

来春节至影遥遥。

念无叨,思无唠。

只剩离伤,言去望滔滔。

碎步轻吟踱夜静,本应在,却空聊。

远音别路更迢迢。

纵可瞧,顾难疗。

日眷梭梭,又入梦里邀。

近是楼台盛旧物,长泪夜,晚风萧。

注:写于 2021 年 7 月 12 日 13 时 45 分,怀念少时春节,一家人开开心心,团团圆圆,而今不再。

临江仙·归来

沉醉不觉天又复，醒来还去平生。

半门倚倚朽松枫。

西风吹户透，寒幕坠枯篷。

坐晚听言纶巾卷，残生北望愁萌。

凝乡终日倦南盛。

无能驱夜静，半梦已江风。

注：写于 2021 年 7 月 12 日 15 时 53 分，寄语苏轼孤老残生，悲泣。

沁园春·天地

早露啴啴,旭日丸丸,汉朗铿铿。

浸时光已久,嗖嗖尘越,河川袅袅,日月峥峥。

纵使冰霜,多添寒厉,峰道重重足下升。

苍山走,醉云崖多艳,啼马声声。

朝阳世世晨辉,点怅惘余霞夕回。

叹九霄亭外,楼台廷宇,频升歌舞,醉倒仙堆。

大地蛰蛰,海涛懆懆,似等它风雨骤归。

青山沐,卷悠悠撼浪,万籁齐飞。

注:写于 2021 年 7 月 12 日 15 时 53 分,赞河山壮丽。

浣溪沙·旧人

落叶凄风已晚苍,天涯孤夜旧乡坊,青梭散去尽秋凉。

故地残垣枯院久,千窗帘破透空茫,消得人瘦只梅妆。

注:写于 2021 年 7 月 15 日 21 时 53 分,叹天涯沦落人,相思无处寻。

虞美人·西风入眠

西风别去无人送，但走霜秋梦。

又重月夜看花棠，道尽满腔归恋泪如滂。

悲凉自起无相望，唯顾伤音访。

难眠多有老寒身，空想孤堂一卷故春芬。

注：写于 2021 年 7 月 15 日 23 时 23 分，寄语李煜。

虞美人·晚影霜台

烛台秋晚新伤畔，风静无言伴。

老屋独占旧长思，长宿依稀窗外哪身迟。

明灯夜夜招人在，怎问如何奈？

相识依旧未相知，回首东江浮月影长痴。

注：写于 2021 年 7 月 16 日 15 时 35 分，再寄语李煜。

忆秦娥·楼台醉别

声声碎,卷帘一夜楼台醉。

楼台醉,晓知残月,照人徒北。

早辞已远呼乡水,半途呜咽回音泪。

回音泪,天涯唱断,落霞孤对。

注:写于 2021 年 7 月 16 日 17 时 27 分,叹天涯远行不归人。

醉花阴·春苏点夜

挑雾悄悄新晚径,独坐闻青净。

铺墨展梅梢,风起纤纤,轻绣攀初柄。

睡停夜梦花枝定,绺淡香一酩。

思醉起躬行,缀了人间,忽叫春朝醒。

注:写于 2021 年 7 月 18 日 11 时 57 分,梦中回春景。

青玉案·一桥泪秋

落花流水一桥泪,怎别去、相思倍。

夜梦声声披浼被。

但眠它雨,落窗听睡,苦楚弹秋未。

西风一语凡花碎,老木偏偏冷霜蕾。

哪处涟漪掀旧寐。

寻常千里,一身青佩,依在还乡水。

注:写于 2021 年 7 月 18 日 16 时 23 分,寄语辛弃疾。

秋花立

秋来霜了风花,一江水,两月弓。

一缕思愁上西楼,云落满江红。

春华邂了秋伤,怎那岁,别如匆。

只似年年多情天,画梦寄山重。

注:写于 2021 年 8 月 8 日 20 时 43 分,春华秋逝,岁岁年年,相思年年。

淡黄柳·问花

繁花看去，惹尽相思倍。

怎奈何天涯望碎。

梦渡沧海往似，一世尘缘旧流水。

断崖泪，长停了孤寐。

晚霞褪，落风对。

掸风秋散去迟年岁。

若有前世，不知谁在？还等桥端雨翠。

注：写于 2021 年 10 月 2 日 01 时 30 分，所动画片《青蛇缘起》片尾曲《问花》感。

摸鱼儿·端午

雨风狂、夜徒奔骤,湍湍江水它处。

几番弯月都来晚,还落夕崖钩雾。

曰故问,又端午、年年相见年年路。

不来相渡。

但岸对嘶鸣,空余他去,未有楚归步。

山居远,怎敢长流岁住,木兰歇了朝露。

九歌尽饮呼孤索,无奈独回声数。

虽世浦,唤依旧,苍天道遍皆尘古。

唯堪辰幕。

望湛湛山川,西霞就暮,倚在往江矗。

注:写于 2022 年 6 月 3 日 18 时 33 分,端午节纪念屈原。

水调歌头·中秋

圆月渐霜照，山涧步中秋。

停水碧落花黄，静坐看风流。

世世观来无事，看惯春花几度，曾换尽青头。

夜半落只影，但有醉人留。

千秋月，今月夜，影幽幽。

故居天上，说平常阙柱孤楼。

相似人间几日，忽起朝朝冷暖，怎奈泪衣钩。

月老渡人在，相见寄江秋。

注：写于2022年9月10日14时06分，2022中秋，新冠疫情突袭贵阳，纪念这个特殊的中秋，愿存善于心，人间平安。

一剪梅·除夕

细雨梅黄停小桥。

涂了花红，装了枝桃。

途缓嫌慢步急急，只有相思，怎管风萧。

早裳衣巾窗远梢。

一夜轻足，何顾香消。

年年此梦到乡愁，岁上梅头，又点新娇。

注：写于 2023 年 1 月 21 日 13 时 19 分。

卜算子·立春

晓梦过东郊,春醒瞧枝对。
晚月梅红又冷妆,夜落听江水。

更到孟花迟,归日蹄欣会。
几处闲亭旧影逐,风缓驰一岁。

注:写于 2023 年 2 月 4 日。

如梦令·惊蛰

缓步桃红闲看，偶处去年青蔓。

轻挑柳枝摇，拨曲醉花江岸。

惊现，惊现，又入那香春恋。

注：写于 2023 年 3 月 6 日。

江南春·春分

春冉冉,鸟啾啾。

青颜停早露,乡蕊抢枝头。

平阳斜影屋归燕,山尽芬飞独静楼。

注:写于2023年3月21日。

渔歌子·清明

醒夜新花絮上蓬,晓连桐畔渡山更。

青草地,碧茶藤,清风倒映入溪声。

注:写于 2023 年 4 月 5 日。

杂言

第四部分

夏至午雨

日极天,密雨落,碧岭雾浓。

雀归隐,少作声,欲探还缩。

淌流急,河图行,携聚低伐。

阳不美,阴出虐,否极泰来。

注:写于 2017 年 6 月 29 日。

华岁离

芳华岁岁，流水行。

熙熙年年，归期无。

嘤嘤切切近，嘘嘘涵涵远。

泣，淡淡，平平，和和，期期。

注：写于2018年2月18日。

春晓喜行

惊春雨新柔，花蓉蓉，心融融。

晓露片片馨，樱红红，绿油油。

云中晕，轻盈盈，对点头，婵婵青青彤。

注：写于 2018 年 3 月 27 日。

归 去

斜阳西晕，点点，惺惺。

归去，归去。

乘风指，怀古今，往来点透，

日月易，昼夜替，仆仆继继，

破苍亭，逐夙冥，来兮往兮归兮去兮。

注：写于 2018 年 8 月 9 日 23 时 50 分。

念年长细雨怀书

记单老

今秋归去难舍,细雨飘零惆怅,音长绕,久相望。

古今评不尽,往往来来,回头渐去风华,书还绵。

不想,难过此离别处声,遥盼惺惺无期年,江无绝。

注:写于 2018 年 9 月 18 日。

念秋圆中秋往忆

秋月无缺,怎难圆。

弦弦天上无休,日日悠幽。

过往早去,年华都逝,满忆却。

挥斥千秋不管,灰飞万载不羡,盼归汝,守相眺。

伶仃望穿秋月,迟迟暮倕不归,空座凉。

身影不见,长泪茫茫。

注:写于 2018 年 9 月 23 日 15 时 11 分。

暮 雪

晓望凉枫远去，阑珊灯火，独守江边寥寥。

晚眺淼烟袭来，别家无处，难送孤舟离离。

夕日沉尽暮云落雪，飞舞直弄枝头，只一曲波澜拨去。

声净墨彩淡远，山涧轻影缓映。

千艮白垠无际，寻雪踏目万里。

九霄欲行狂旅，琼宇里，莲陵久待早已。

注：写于 2018 年 12 月 29 日 20 时 48 分。

夜来节夕正月惦永失

来春节至影杳杳，齐召唤，却孤渺。

只剩相望，对言声切切。

月空不识雀归鸣，息年去，暮梁苍。

总是旧时欢余在，滔不绝，影缭绕。

日梭夗逝，惦惦舍难离。

竟是相失不相期，晚风凉，夜襟沉。

注：写于 2019 年 2 月 4 日 03 时 30 分。

梦中似见李杜

草堂前晚

春风几度,吹起多愁事。

梦里惊觉,激动豪情字。

依稀远去,憾怀忧伤恋。

仿佛近在,醉把琴瑟端。

注:写于 2019 年 2 月 8 日 03 时 44 分。

曹公缅怀

春逝江山，三十东流，鬓霜去华发。

志作愁，回乡梦，一去不还。

多娇无恋，诗书长流，魂在洛阳少。

落日近，余晖丽，千秋还去。

注：写于2019年2月14日00时57分。

春漫花溪

华来柳垂,一处小枝妆。

燕来高亭馨晨语,细风点波微微双。

梨如霜,樱满芳。

晴空碧水伴影,怀映缓流轻漾。

多情难离春乡恋,回首眸中漾。

小溪溏,漫花堂。

注:写于2019年4月08日12时05分。

梦回春江东流

冷月春江,钩起往事多愁。

少年不知,更年才道别去难留。

竟梦碎,影难求。

日日不复,望断天涯无途。

夜夜归路,长长都似乡水东流。

岂是,愁更愁,风寒孤叟。

注:写于 2019 年 4 月 19 日 00 时 01 分。

夜重重

泪长沉夜,泣泣偷来梦遇。

短辰急忙,不知哪回此时。

思重重,念重重。

声唤犹如旧时在,追去空空却如逝。

音消不在,只慌张,徒留稀雨憔悴时。

再问渡人,可否?可否?

注:写于 2019 年 4 月 21 日 02 时 33 分。

望 乡

夜声碎，泣满面，茫茫言孤魂。

唤子切，音难觅，嘶吟千行泪。

风凉窗倚残生，冷月霜屋，空门留何人？

苦天嚎鸣只绝，去否，却留，枉徘徊，潇潇水寒。

注：写于 2019 年 5 月 16 日 10 时 52 分。

烟波去月

——秋月花溪

烟雨秋风，红月鹊鸟枝上。

两三夜不眠，流在心头眷帘。

青垄溪田，碧玉翠雨旧照。

撩上眉间，不见，只念去事怅往。

注：写于 2019 年 9 月 14 日 20 时 24 分。

年 华

落日怅晚，都恋今初辉霞。

夜夜风凉，轻卷沉眠，为等俏枝芽。

旧梳台，新眉妆，看走繁华，一生停住那晓。

小亭桥，清风涯，枯黄野草，一世白了青花。

纸笔落下，还在秋风，却换了年华。

注：写于 2019 年 10 月 29 日 01 时 27 分。

往日惊鹭

——寄语李清照

往事心头，岂是朝朝暮暮。

苦等千回，总来夜夜凄凄。

寄来停却，日日绮绮。

把天问到，哪时露洲再入，惊起那日鸥鹭。

注：写于 2020 年 1 月 4 日 16 时 47 分。

第五部分 白话诗

忆

今

又逢秋满月

心

却已残

举头月思忆从前

怡然眼前

望仓宇澎湃

惆怅苍穹

叹事宜飞逝

风雨湿透

是见枯萎怒放

谈笑之间

好看花语青山

与行

清凉其中

当年

英风飒爽

挥洒千军

气贯霄汉

豪情笔墨中

点点道道

如今尤在

只今变迁

浊物腐流

泥漫洁土

期时日

且看

今世

煜日东升

映抚天地

誓写春秋清

注：写于青少年时期。

春 夜

月出带红梢

山尖添润色

举高映天地

无限蓝

点点星

轻轻亮

镶得到处处情

几多风儿几多俏

竟弄得枝儿叫

烟火也增辉

开屏时

更是处处颜笑

注：写于青少年时期。

春 稚

鸟鸣共啼

竹叶飘飘

与风婀娜飞舞

金辉洒

穿透心扉

见天地灿烂欢笑

刹一觉

春来到

注：写于青少年时期。

游　想

——*1995年海南游*

长空碧海荡漾

涛无边奔腾

豪迈天涯

惜云烟

稀稀渺渺

穿流中

共飘娆

注：写于青少年时期。

秋 步

几时已秋冬

风吹

落叶飞

粼波追

鸭独寒游

相偎青水

鹰翔长空

与相随

注：写于青少年时期。

游·雪

寒风飞

万雪飘凛

踏白龙

行于间

望千重峻岭

突兀时空

看微碧涟漪

薄迷相生

偶然间

触雪处

颜笑欢畅

注：写于青少年时期。

晨

我梦初醒

带着朦朦的余味

不情愿地凝视着秋雨连绵的晨

心中无限深情

不一会儿

迷雾渐稀

大自然将她的纯真无尽地展现在我的面前

我心中充满了希望

我似乎投进了大自然的怀抱

感觉到了她的亲切和她的温柔

我的身心都已融入

再也无法分开

就这样

不知不觉中

时光飞逝

而我却好像一无所知

眷念在这一片心情里

注：写于青少年时期。

寄 托

迎着温馨的晨浴

我慢慢地起来

感到心灵深处一阵阵迷人的芬芳

看着万物初醒的笑容

我似乎生活在天堂

这样的祥和让我无比舒畅

我把所有的爱都予寄托

想让世界多一份欢乐

注：写于青少年时期。

空 白

仿佛间

只有灰色的天空

灰色的土地

灰色的空气

灰色的人与物

时间在百无聊赖中消磨

理想在这种消磨中渐渐暗淡

这世间再也无法寻到的"光彩"

似乎还依稀飘荡在那暗淡理想的天国

但的确有一种海市蜃楼的渺茫幻觉

欲罢却还有着依恋

依恋却又充满着荒诞

就像一颗长在空中的枯树

没有思想

注：写于青少年时期。

无

天空总是那样一成不变的灰沉

空气总是那样看不清楚地喘息

万物总是那样莫名其妙地游荡

走来走去都看不清楚

怎么也不明白

最多也只能听见那些不明白的声音

所有的一样

其实也就是所有的无

注：写于青少年时期。

叶

飘逝的落叶随风回到了她的故乡

从此就再次沉睡在母亲的怀抱

等待重新开始

这是一年中最美的时节

所有的灿烂都留给了来年

而现在只是将自己奉献

注：写于青少年时期。

雨 思

迎着轻绵的雨丝缓缓步行

只觉得那雨丝在用温柔轻轻地抚摸着我的脸庞

于是脸上就浮现出那甜甜的笑

我从内心深处捉摸到了我和她那甜甜的和谐

虽然彼此间相对无语

我觉得那雨丝仿佛知道了我的心思

所以还久久地与我相伴

不愿离去

我也仿佛知道了她的心思

久久地

也不愿离去。

注：写于青少年时期。

身边的你

——过台湾海峡

我正缓缓地在我们之间通过

我知道你就在我的身边

眺望

我把脚跐得最高

用尽了趾尖

想把你看清楚

可怎么都看不见你

但我知道

你就在身边

从早上起

我就盼望着

那一直盼望的遇见

这一别实在太久

久得望了一辈子

此刻的期盼

成了我全部的念想

念想着牵起身边的你

回家

注：写于2018年8月6日18时03分。

时　间

时间悄悄从身边流走

年少时不懂的

现在懂了

懂了却再也不在

注：写于 2018 年 12 月 31 日 12 时 21 分。

守 候

夜渐渐深去

我依然等着

等着这一年中那最后的一秒

为了这一秒

我已守候许久

许久……

我想在这一刻和你一起祝福

祝你新年快乐!

但你累了

我知道你累了

在你熟睡的笑容里

此刻

新年的问候

在我的心里

在你的心里

已经到来

我轻轻地说了声

"新年快乐!"

只愿这轻轻的祝福

把你继续守候

守候到永远

注:写于 2019 年 1 月 1 日 00 时 01 分。

天边的妈妈

繁星满天的星空里

我想

有一颗一定是妈妈

数着,数着

一颗一颗地

找着,找着

一颗一颗地

妈妈

你在吗

我多想现在就看到你

带着我的,你的

听听孙儿叫一声——"奶奶"

"奶奶，奶奶！那个是奶奶"

"奶奶看见我们了！"

是你吗，妈

是的，那就是你

和从前一样

我知道你又要来唠叨

可是我喜欢

想你唠叨个不停

这样就能一直看着你

看着我们一直的挂念

和你的心愿一起

随着

天边

天际

注：写于 2019 年 1 月 20 日 12 时 03 分。

爱上一生

——感刘欢演绎"爱的一生"

爱上了美丽

也爱上了忧郁

美丽恰在这一瞬穿透

来到心里

天空忽然点亮

挽着蓝色相伴

尽管黑夜都不再来袭

离别还是来临

难舍闪烁着忧郁

在泪眸中颤抖

不想这一声再会

会是永别

挥一挥手道别

不愿回头

只把这永印

深刻在思忆

伴在生命的尽头里

注：写于 2019 年 1 月 27 日 22 时 32 分。

长大的牵挂

我喊了一声

"宝儿,起床了。"

没有回音

于是又喊了一声

还是没有回音

冲下床,带着怒火直奔儿子的睡床

准备一把这个小仔揪起来

可是

房间里空空的

哦……

他已经没在家了

"爸爸，爸爸！"

"我饿了，我要吃饭！"

可是

也没有回音

儿子又喊了一次

还是没有回音

于是走过来找爸爸

爸爸的床也是空的

哦……

爸……爸……已经没在了。

注：写于 2019 年 4 月 20 日 22 时 22 分。

永远在你身边

走过来

走过去

那是一片云彩

再走过来

再走过去

那还是一片云彩

我在云彩里画了一个圈

你也在云彩里画了一个圈

我们就在这个圈里面

包着云彩

云彩飘到哪里

圈就到哪里

紧紧锁住

注：写于 2019 年 5 月 23 日 18 时 40 分。

远 去

早晨

爸爸总是第一个起来

因为他知道

他是家长

我一醒来就叫了声:"爸爸。"

看爸爸还在不在

好给爸爸说声:"再见。"

有时候爸爸在

我就赶快起来紧紧地抱爸爸一下

有时候爸爸不在

初升的太阳和他一起走向了生活的方向

反反复复的日子里

我一天天长大

在爸爸的怀抱里头

无忧无虑

爸爸老是给我讲

有一天，我会长大

我一直在想："那还早着呢！"

可是我还没时间多想

它就突然出现

停在了我面前

要把我带走

我问爸爸："为什么？"

爸爸轻轻地说："长大了。"

轻得我宁愿他对我大吼大叫

我从躺在爸爸怀里

睡到了爸爸旁边

又住到爸爸隔壁

现在要去那离爸爸很远的地方

我望着那远去的夕阳

还有爸爸

注：写于 2019 年 8 月 3 日 21 时 37 分。

尘　埃

我总在繁空中寻找

过去

现在

还有将来

并希望那是伟大的

权力是伟大的

金钱是伟大的

那么我就是伟大的

我奋力一路狂奔

奔向那个认定的伟大

可是

新的伟大还在前面

于是

继续狂奔

就这样地

依旧狂奔

我伟大了

我坚定地认为

我藐视所有的一切

包括太阳和宇宙

征服

是这世间最痛快的事

我让上帝在我面前长跪不起

让他祈求我赐予他永生

乐此不疲

上帝就这样一直跪在我的面前

而我已是一粒尘埃

注：写于2019年8月7日02时15分。

妈 妈

刚入秋的日子

路上依然车水马龙

大家都在为生活而奔波

汽笛声，吆喝声

我也被淹没在其中

也不知道在干什么

单位的同事突然大喊了我一声

"电话！"

电话每天都停在那儿

干着它自己的事

"快回家！"小陈阿姨喊到

回家是每天都要做的事

今天来得特别早

到家的时候

好朋友家的医生爸爸已经在了

妈看见了我

讲不出话来

可是我也没有讲出话来

傻傻地站在床边

小陈阿姨讲

"妈躺在床上,眼泪像流水一样,喊着我的名字。"

晚上外婆来了

喊着妈

"妹儿,妹儿……"

筑芳姨说外婆喊"妹儿"的时候

妈躺在木板上睁开了眼睛

不久之后妈就闭上了眼

之后妈再没有睁开眼

我躺在妈旁边的沙发上

摸着妈的手

我以前没有好好摸过的手

毛姨大声地哭着

她知道以后周末不能再来看大姐了

那是我最亲的毛姨

妈最喜欢的小妹

多年后外婆也走了

我也很少再去外婆家

以前她们想我回家

现在我想她们回家

注：写于 2019 年 10 月 23 日 14 时 22 分。

丢 了

早上起来

依着旧门

望着岁月的终点

和剩下的距离

想说那些年没有说的话

那些年已经很远

而对于我来说

仍然很近

老路阔宽了

而我也还是在这条老路上走着

只是从这一头往另一头走

走的时候

只顾着往前看

忘记了看看身边

和身边的你

另一头快到了

却只想回头看看

可再也看不清楚

看不见了在路中的你

可我就想这样看着

就想在这头等着

只想等着

等着那些年

是我

弄丢的你

注：写于 2019 年 11 月 17 日 11 时 47 分。

凝　曦

黑夜惊醒的

是那道晨曦

她把那黑色的夜

和没有的颜色

唤醒

是这晨曦

把那一道闪电

穿透在心里

把那从黑夜跳出的光

装满在怀里

是这晨曦

围绕着

把矗立和凝望

捆在一起

悄悄牵住了

挂念

注：写于 2019 年 12 月 10 日 09 时 21 分。

不顾一切

那是星月

那是飓风

那是追逐的不顾一切

那是青涩

那是狂浪

那是拥抱的不顾一切

只擎

把那不顾一切的青春

留止

把那不顾一切的洪迈

捧献

就是那不顾一切的一次

把生命和爱

灿烂

把我们

牢系

注：写于2019年12月12日16时20分。

带风离开

风沙沙地到来

没有预约

问我是否打扰

好久了

我已不记得了打扰

也不记得了不打扰

因此

我向风致谢

因她

扰起了

那沉寂的

打扰

原来

我和风的约定

她一直都记得

要带着老了的我

离开

注：写于2019年12月16日00时25分。

离开的天空

历历的天空

我曾经问

北斗星在哪里?

对着天空

找那颗星

那颗我的星

她们都微笑着

我问为什么

她们只是微笑

找到没有?

她们问我

还是微笑着

没有找了

我回答说

忘却了渴望

我渐渐离开了

那微笑的天空

全部都是微笑的天空

原来

那天空

就是

离开的我

注：写于2019年12月19日00时45分。

走 过

走过

豳风的七月

古朗的秋夜

月满的西楼

都这么久了

可是

却一直在错过

也不知错过了什么

可它就这么错过着

只是在走过

也许是那几生几世前的约定

把青花铺满了走过的天涯

走过才这么久

错过才这么久

不想走了

就在这里等着

等着那铺满天涯的

约定

注：写于 2019 年 12 月 31 日 21 时 29 分。

老地方

老了

当这一天终于到来

你说你愿意先走

我说我愿意先走

我又改了口说

都不愿意

你只是傻傻地笑着

说我愿意

这里的老地方

我说要快点装修好

在我们说愿意的时候

可是始终都没装修好

直到你最后一次

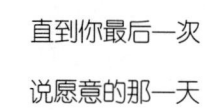

说愿意的那一天

那一天过后

拼命地说我愿意

一遍遍地

敲打着这个老地方

说我马上就装修好了

等等我

没过多久

我醒了

醒来的时候

看见在这老地方

你说着

我愿意

和从前一样

注：写于 2020 年 1 月 12 日 02 时 15 分。

那是我们的岁月

从小我就淘气

逃学

签妈妈的名字

挨揍

所以我没像哥哥一样

读了大学

可是,打弹珠

把家里的牙膏挤完去卖牙膏皮

偷电线去卖铜丝

样样都在行

后来妈妈也不打了

我也不做坏事了

但还是吹牛皮

吹得可以打开手电筒往上爬

然后我关掉电门

最近吹不动了

但还想多吹一下

吹给你们听

然后再关电门

注：写于 2020 年 1 月 16 日 23 时 54 分。

方　向

除夕飘雪

落在肩上

我等着那莲蓉的矜放

老路

映住我和背影

寂静着把天空轻轻摇曳

如春月初风的微微告白

雪落的城里还有盏灯留着

为了默默地在旁边走过

知道方向

注：写于 2020 年 1 月 25 日 02 时 57 分。

走不走嘞

我决定

把我的春节都奉献在家里

看着那熟悉的面孔

我禁不住浮想联翩

你咋还不去上班

这个春节过后

我终于知道

床板是怎么弯的

原来天天都是我在压迫

这几天也只不过重了几十克

那就叫最后一根稻草

偶尔多吃了一点

就全部转化成了强大的体魄

燃烧吧

强大的体魄

快把我的头顶

点亮

催亮上班的路

快走不走嘞！

注：写于 2020 年 1 月 26 日 21 时 15 分。

征　途

这是今晚我写给你的信

写的时候看着笑容中熟睡的你和小儿

我写了一遍又一遍

写了的又揉成一团

明天就要奔赴前方

我想把这些年没有给你讲的话

都讲给你听

如果明天出发时

我讲不出话

那么这挥别

就是那除了那天之后

一辈子的珍藏

以后

我天天都会把你和小儿

抱在心里

都愿意听你的唠叨

一辈子都听不厌

明天的挥别

为了

把未来的路点得更亮

记得我回家的那一天

把家里的灯全部点亮

注：写于 2020 年 1 月 28 日 21 时 45 分，向援助武汉的医务人员致敬。

凝 止

那是昨天

那是今天

也是明天

走过的路尘

和时间一道

安静地躺在初阳的眷顾里

想把那一刻圈住

好让有一天失去记忆的我

走过时知道

曾经来过

在这个地方有我们留下的凝止

纵然时间会从我们身边掠完

我还愿在那凝止中

深深锁住那时的天空

注：写于 2020 年 2 月 1 日 23 时 59 分。

待你凯旋

你那掀起的涟漪

是我远在千里之外的祈祷

我把这祈祷化成力量

把这力量装在信念之箭上

奋力弹指

弹到远方

弹到远方的你那里

你那汇聚的汗水

是我们所有祝愿的水滴

沐浴它

把你疲惫的身躯温暖

温暖你那装满希望的脊梁

为此

我彻夜悬灯

直到

你们

凯旋回家

注：写于 2020 年 2 月 6 日 21 时 53 分，期待援助武汉的医务人员胜利凯旋，与家人团聚。

这个夜晚

——纪念李文亮

这个夜晚

你说

"朋友们,

从今天起你们可能再也联系不到我了,

因为我要去拯救地球了。"

我问

"拯救完地球,你还回来吗?"

"可能不回来了。"

我呆呆地看着

明白了为什么你说不回来了

我看见天使抱着你的时候

泪如雨下

而我

看见你笑容中

即将远去的不舍

你告诉我

会好的

要记得照顾自己和妈妈

还有未来

我用尽全部力气

把电筒推到最亮

把背影的天空

照到最亮

要把你留在

这个夜晚

注：写于 2020 年 2 月 8 日 01 时 30 分。

确 定

我想确定

这是一场大雨

于是

就在这大雨里

把自己淋透

在这淋透中

寻找

那个被人们称为

太久都躲着的

太阳

来吧

再大一点

把心灵淋个透

只要你出来

把那未来给点亮

确定

那和我一起永世的约定

注：写于 2020 年 2 月 11 日 00 时 43 分。

伴你在夜

——致敬战斗在一线的平凡

太阳把影拉长

落在山头的西面

走向家的路

停住没有发出声响

转起的晚星

是陪你的寄愿

像念念叨絮

一闪一闪

把夜给你点亮

也像是

把你抱在心上

伴你度夜

直到走向家的路

响声再起

注：写于 2020 年 2 月 14 日 01 时 41 分。

妈妈去加班了

——纪念这个不平凡的节日

今年幼儿园没有开学

我在家里呆着

陪着我的只有爸爸

妈妈在春节晚会的那个夜晚去加班的

没吃上爸爸做的饭

她走的时候

我问妈妈好久吃饭

妈妈说你们先吃

我晚点就回来

妈妈抱了我很久

我看见妈妈的眼睛红了

可晚上吃饭的时候妈妈没有回来

我问爸爸妈妈怎么还没回来

爸爸说今天妈妈又在加班了

妈妈平时加班也是常事

可是这一次加得特别久

电视机是开着的

"爸爸,爸爸!妈妈在电视上!"

我看见妈妈的衣服的背后上写着她的名字

她胸口的牌牌上有张照片

照片里有爸爸妈妈还有我

一个多月过去了

妈妈还是没有回家

爸爸说这次特别忙

我就盯着电视机

想着妈妈会在上面看到我

爸爸做好了饭

放了三个人的碗筷

我问爸爸妈妈今天就回来了吗?

爸爸小声地说

"是的,妈妈从今天起就回家了。"

可是妈妈并没有回家吃饭

我也没有在电视上看见妈妈

晚上我看见书桌上多了一张妈妈的照片

爸爸好久都不说一句话

就抱着妈妈睡觉用的枕头

注:写于 2020 年 3 月 8 日 19 时 07 分。

月

我就好像在天上

看你

看你熟睡

带着美丽

我好像就在路上

伴你

伴你一生

带着愿许

我好像就在旁边

守你

守你一世

带着老腔

注：写于 2020 年 3 月 31 日 23 时 21 分。

呜咽落夏

多愁的夏天

看着雨水把阳光隐去

肆虐的风

在寒空中被撕裂

失去方向

一处羌笛嘶鸣

两行泪雨不停

问她呜咽

只道昨夜梦惊

啼滴的夏天

看着温度无力在挣扎

冷雨乱穿

滴透脆薄的心灵

扎碎坚屏

哪时旭日再起

伴风临过双翼

　再问她梦

也说来夜旧觅

注：写于 2020 年 7 月 12 日 15 时 30 分。

夜月牵梦

月光挂住窗葩

倾诉陈年的光华

一千年的春江

伴一整夜的梦扬

满是老腔

如流影旧沐

不停脚步

牵顾了眷慕

注：写于 2020 年 7 月 17 日 15 时 35 分。

等 风

是那一天

我如此靠近了秋

揽住了风

是那一天

我如此抚摸了秋

牵走了风

我骗过了自己

说秋天的时候

风会回来

是那一天

风回来的时候

我没能看见

风看着我

走去

注：写于 2020 年 8 月 9 日 17 时 10 分。

小脚丫

时间就要不在

妈妈没能陪到你

没能陪到你长得比妈妈还高

没能陪到你带着自己的爱人来喊妈妈

没能陪到看着小孙子的脚丫就想起妈妈的小脚丫

没能陪到你挽着妈妈在黄昏里靠着你散步

时间就要不在

妈妈没能陪到你

没能陪到你把作业做完

没能陪到你把连妈妈都不会的作业做完

没能陪到你过生日时电话那头说你忙得很

没能陪到你在教训你的小脚丫时臭骂你一顿

时间就要走开

妈妈的脸紧贴着我的小脚丫

想把妈妈留在我的小脚丫上

轻轻地睡着

注：写于 2020 年 8 月 10 日 18 时 13 分。

秋 叶

叶尖停着

一滴秋的泪盈

一片一片地

寻找

抱旧的气味

空中泛着

一匹秋的扬帆

是远行的露

苞着秋入睡

秋也

停住了

叶醒的梦

注：写于 2020 年 9 月 24 日 09 时 22 分。

躲猫猫

小家伙就喜欢躲猫猫

每次都躲在同一个地方叫我去找

一找就停不下来

我就假装找不到

小家伙忍不住偷偷笑出声来

我假装听不见

他忍住不笑

我去敲纸箱

问他在不在

注：写于 2020 年 11 月 17 日 06 时 52 分。

空 床

小家伙从小就睡在我旁边
我是醒着的
因为要给他盖被子

今年大了
可以自己上学放学
可是晚上还是要打被子
我依旧给他盖好

可是

盖着盖着

床就会空了

可我晚上还是会醒来

等再过久一些

小家伙回家的时候

我的床空了

他就问爸爸去哪了

注：写于 2020 年 11 月 17 日 09 时 44 分。

等着风的妈妈

那是妈妈吹来的风

在我身边看我

妈妈看着门口

等着风回来

她想知道

我对风说了什么

风对妈妈讲

我每年都在看她给我写的信

那是我生日那天

最期待的事

这一天

妈妈送来了

她早就准备好的礼物

妈妈说她听到了

风告诉我

妈妈想把它给我披在头上

注：写于 2020 年 12 月 14 日 12 时 52 分。

落雪回家

那旧年的落雪

　等着回家

印在家里

连住外面

渐渐推大

积成冬夜

说要回家

我挽起手

回到老屋

化成旧梦

注：写于 2021 年 1 月 7 日 09 时 47 分。

数不尽的夜

我在夜里数夜

念着一遍一遍的夜幕

催着点醒的炊烟

我在夜里数夜

读着一趟一趟的星辰

赶着落旧的起点

我在夜里数夜

捻着一根一根的烛火

蹚着独散的夜惑

胧着帘

数不尽的夜

注：写于 2021 年 1 月 14 日 13 时 43 分。

元 宵

如果你要升起一轮月

我就负责在今天把它磨圆

你说阴晴圆缺

我担悲欢离合

于是

我把月装进今夜

接住你说不掉的泪

注：写于 2021 年 2 月 26 日 20 时 22 分。

田野，青草

身边的那片田野

盛着月光

躺满我的夜梦

渴望

像天梭一样

刺穿

在每个孤鸣方碑的前面

彩虹之触

拂满大地的精灵

唤起

尘缘已久新辰

站在星巅

任岁月讨扰

依然是

故园的青草

注：写于 2021 年 3 月 16 日 23 时 05 分。

孤　岛

我在孤岛

躺着世界

注：写于 2021 年 3 月 17 日 00 时 03 分。

闪　烁

我在沙漠点了颗星星

起了闪烁

手指向的前方

熊熊的辉火

烧越的山川

奔腾的霓烟

点缀的彼岸

陨落

如同过去的传说

流浪

接住那

一笑而过

注：写于 2021 年 3 月 23 日 22 时 44 分。

春 天

春天忽然在我面前撞了一下

撞得满地都是

我迫不及待地去寻找

空中、水中、

田野、丘林……

弥漫溪畔、弥漫绿径

我想把所有的春天都抱起来

抱在怀里

抱在心里

抱在深沉的梦里

一朵花落下

落到了春天的怀抱

我挽着它们

一起装进我的春天

注：写于 2021 年 3 月 31 日 19 时 09 分。

星槃

流浪的星空里

乘着宁静的夜

任风坠入怀堤

当风呼出一种召唤

星空就成了彼岸

隔着彼岸

雨落进了花繁

也落了夜的惊槃

注：写于 2021 年 4 月 2 日 23 时 06 分。

绒花雨

漫山里等着风

把我吹满山崖

追上那场过去的雨

青草地上碎过的泪

催夫了青春

滴透了芳华

晚雨

捧起一朵

融化的山花

影着芬芳

注：写于 2021 年 6 月 10 日 22 时 15 分。

回　家

那一年

我离开了家

这一别

就是苍苍岁月

风雨从没有在岁月里绕开我

它一声不响地

拨掉我的乡愁

直到今天

我带着它回来

灌进年少的路途

望着江边的方向

注：写于 2021 年 6 月 22 日 19 时 28 分。

陷 在

我陷在了时间里

忘了自己

孤独地看着这个和我没有关系的时间

在世界里远去

我陷在了空地

可空地从没出现过我的影子

也从没看见过

也没有寻过

我陷在了那个的我

看着那个我的我

也不知道那个的我

是我还是谁

陷在那里

就会思念

思念得想就在那里

不离开

注：写于 2021 年 6 月 28 日 22 时 45 分。

繁 花

——致青春

一颗露躺在大地上

面对初升的太阳说

我要升腾

一颗刚露出尖尖头的小草

对着雨露说

我要长高

一个花苞躺在枝头

对着天空说

我要开放

于是天空把自己打开

拉着太阳和雨露

化成了春天

我们就在这春天里走到了一起

也把青春揉在一起

一起升腾

一起长高

一起开放

就是这样的春天

我们张开臂膀

奋力地把青春

推向山巅

推向原野

推向远方

站在山巅

站在原野

站在远方

任豪情万丈

今天

我们故地重游

再来一次山巅

再来一次原野

再来一次远方

再一次把青春揉在一起

带着那年的腔调

任它

撒野

这一刻

就是春天

就是青春

就是繁花

注：写于 2021 年 7 月 19 日 10 时 04 分。

我在青春那里等你

——致我们的青春年代

那一年

阳光暖洋洋地从山那头升起

提醒我即将赶往学校的路

已经照亮

我背起帆布书包

悄悄装了一个弹弓

想着那群即将要围着我的祈求

好生炫耀

可好景不长

弹弓不见了

火冒三丈的我发誓要将他绳之以法

可没多久

被绳之以法的他

是我

有些女生整天叽叽喳喳

戴起眼镜偷偷瞄准

时刻准备着去告状

可有几个男生就是要去拍马屁

还说那是爱情

我总在幻想的事情就是早点放学

然后晚点回家

免得在笑脸面前

提心吊胆

今天我被青春叫回到了路上

在路上

看着那年我懒得多看一眼的太阳

还在把路照亮

还在等着我看它一眼

　　　　要是那年再偷偷装一次弹弓

　　　　　　我要给每人一把

　　　　　　要是那年放学早了

　　　　我就早早回家把作业做完

　　　　　　要是女生叽叽喳喳

　　　　　我就跟她们喳喳叽叽

　　　　要是那几个男生说要爱情

　　我就告诉他们一万年太久只争朝夕

　　　　青春一声不响地在荏苒中褪去

　　　　　　但我还是要把它珍藏

　　　　　　即便有一天太阳老去

　　　　我还是要把它翻出来沐浴朝阳

　　　　　　温暖着我们走过芳香

　　注：写于 2021 年 7 月 20 日 11 时 03 分。

平塘晚吹

西边吹起晚霞

把长长的影子

停在老路上

跟着影子

映住这永世的夕阳

沉向那一头

来来回回的一世潘旅

吹着的那片霞

落进了平塘

注：写于 2021 年 8 月 03 日 19 时 41 分。

黎 明

——感电影《悬崖之上》

黎明前的一朵小花

直扎进黑色的天空

推开北风萧瑟

决心要把那漫天的黑色

撕出一道霞光

精疲力竭的泪水

不及停留

就在夜的哭咽中

迈向没有声响的方向

用最后一阵风

化成花瓣

在黎明升起的那一刻

融成眷念

注:写于 2021 年 8 月 15 日 00 时 58 分。

我真正成了你

小的时候

作文要写《长大后我要当什么》

小脑袋们纷纷踊跃发言

科学家，解放军，医生，人民教师

生怕别人不知道自己的远大理想

我当得最多是科学家和人民教师

小学中学大学

渐渐就忘了科学家和人民教师

也没有再写过作文

毕业的时候

好多单位来我们系排队要人

点名要我也没去了

最后还是去了自己联系的单位

妈告诉田叔叔说找了一个铁饭碗

田叔叔说那是金饭碗

确实是金饭碗
第一次发工资奶奶就问我"发了多少?"
我告诉奶奶后
奶奶就被震惊了
因为她从来没有发过这么多钱

上班的那一年
干活不知疲倦
快乐分不清白天和黑夜
总在单位沙发上过夜
还想着去世界光芒四射

像我这样倔强的人
啃几个馒头包子就算一顿
上下班要赶三四个小时的车也斗志昂扬
没地方住就在火车站裹衣酣枕

疾夕的青春还是要把我停在这里
也许是上天要完成许诺过的作文理想
即便我早已把它忘却在阑珊的路上

在这里

渐去的华发

把日子染了鬓霜

在两千年后的川上

领了子曰的天命

这时候

健忘了年少豪情的我

心里悄悄填进了河山烂漫

所记住的

都是要把力量传递

也就是此刻

我真正成了你

和祖国在了一起

和未来在了一起

和我在了一起

永远在了一起

注：写于 2021 年 9 月 10 日 09 时 20 分。

故　乡

中秋里的夜

月光轻轻把回忆洒落

把河塘激起一片片漪波

突如其来的微风

吹醒了青涩

无声无息

我困在了曾经

月光沉在路上

染白了故乡

就如同把我染白

说好的路上陪你

我却忘了好久

直到回到这故叶落满的夜

再无法走开

我就要在这里躺下

揪住这原地

注：写于 2021 年 9 月 22 日 23 时 03 分。

在秋天捧掉线的雨

泪从天上滑落

戳破星空的窗纸

坠落在楼顶

淋湿了我的小锣

捧一颗星缀回到小屋

装进没有密码的保险箱

警惕地看着风越刮越大

急忙堵住每一个风眼

不让它们发现我的保险箱

把你的担心拒在风雨之外

恋恋不舍的雨

把心下得支离破碎

如同就要凋谢的枫叶

又要催亮一个天明

我匆匆把线缝上

好让你知道

还要坠落在

我的方向

注：写于 2021 年 9 月 23 日 17 时 15 分。

衍 射

抓一把颜色

涂向夜幕

去催醒

去把彩虹挂上

忘了温度

就重来一次

太阳就照在头顶

任你去向往

点亮

引了燎原

蜂拥着

刺穿着

洒透着

是不是还隐藏着疑问

过来

就此靠近

进去

融化了就是答案

然后就

光一样地

衍射

注：写于 2021 年 9 月 29 日 11 时 55 分。

很 短

无知着去挥霍

泛滥着把时间冲淡

跟着夜晚一起纠缠

我溜进了月光

触发了凋零的祈盼

平常变成伤怀

留着在老路上数数

试图挽留居无定所

我沉进了痴念

挂通了昨天的碎瓣

沉醉的路带着走远

把故事一遍一遍重演

我站在故事的一端

编了个句号

说一生一世

随风消散

注：写于 2021 年 10 月 28 日 23 时 32 分。

潮起潮落

流浪了很远

看着山在那边

升起和落下

推开旧去的夜

唤着往事吹落

海的一边

搁浅在沙土

任潮起潮落

掩埋

天边掉下一颗露珠

融成浪花

散进了无影的角落

注：写于 2021 年 11 月 27 日 15 时 02 分。

吹着深夜的秋天

还来不及把梦吵醒

就逝去了一转眼间

包围的远街

年轮里装满的问话

一声一声回响

一滴一滴流落

把自己停住

就想

待着

听着

叫着

那个吹着深夜的秋天

注：写于 2021 年 12 月 12 日 23 时 39 分。

等 夜

昨夜消失得是那么彻底

所以我只能站在夜深

回望那一瞬间的年华

独自地过去

嘈杂的世界

都要归于静寂

凡尘

也就此烟消云散

怀念也因此成了执念

深深地扎进了夜

流出一世的低语

再不回头

夜也就此过去和来到

而在里面的

有我

注：写于 2021 年 12 月 31 日 08 时 52 分。

躺在星空下化成浮尘

半世的星空粉碎着尘埃

落在年轮的角落

磨碎了青花

雕成眼角的一滴泪光

一起说话的昨天

装着一大堆诉说

静静地躺在近旁

一声不响地洒着暗暗的月霜

告诉我告别的昨天

就是一去不返的远方

明天

我想你走慢一点

慢一点夺走

我想迟一点苏醒的夜梦

说了很多没有回答的话

　　　才知道远去的时候

　　　带去了我再回不来的浮尘

　　　累积成了一滴又一滴

　　　沉默在每个明天的昨天

　　　独自飘落着的落单光芒

　　　一遍一遍地画着

　　　画着一遍又一遍

　　　即将远方的离去

　　　来吧

　　　把我沉入大地

　　　在陈旧的日子里

　　　沉睡

注：写于 2022 年 1 月 14 日 00 时 17 分。

叶落在远去的风

什么时候变成了一片落叶

怀着夏天留下的忧伤

默默地把自己装进谷底

摇啊摇

摇进一阵召唤

跟风一起舞动

如同昨夜梦想成真

在如此广袤的世界里

看着渺小的自己

如此多愁

看着泪滴催老的岁月

一声不响地消失在

无依之地

注：写于 2022 年 2 月 27 日 23 时 03 分。

吹着一到的春天

捧起一朵云彩

吹一口气

掀起了一只蝴蝶慢舞

也掀起了一阵嘻风醉吐

风儿踏出声响

吹醒了小溪潺潺

惊动了山坡暄暄

是春天

带着太阳一同回来

泛着露花和波光

烙印在每个心里的花黄

注：写于2022年3月14日01时01分。

雨又下过了的季节

走远的背影

落在打满青涩的雨季

一滴一滴地

荡起在失眠的夜空

没有对错地

催着我离开

越来越远

却越来越想念

时间与时间之间

就像隔了一辈子

想看见

却又看不见

重岁的梦话

说了一遍又一遍的红尘

在一个又一个的天亮时分

沉落

停留

什么时候变成了

一去不回的愁绪

我数着来过的季节

那个雨又下过的季节

注：写于2022年5月18日22时16分。

童年的石头

大早的风

吹醒了不想分清真假的梦

跑步回到原地

遇见昨夜星辰

还在编织那一去不返的日子

环顾四周

还是那块石头

就紧靠着那年久的老屋

什么也没想

就把日子

数了一遍又一遍

一个孩童

把它抱在怀里

抚摸那年刻在它身上的心愿

一滴泪落下

惹醒了它

那个尘封的世界

再次扬起了远去的落叶

重来一遍

还要在那里刻下

也要把它揣起

不会再让它孤单地留下

要一直陪着它

直到它老去

注：写于 2022 年 5 月 30 日 23 时 23 分。

儿童节

问：有没有作业？

答：有，可我更想做一个梦！

注：写于 2022 年 5 月 31 日 17 时 35 分。

秋天相遇在白天和黑夜

从未想过白天和黑夜的含义

它们总是在每一个日子里走来和离去

不曾道别

也忘了留恋

叶在树间一片片掉落

雨在空中一点点飘送

我追着这没有遇见的道别

把白天和黑夜

停在路边

让它们在这里相遇

我也被停在这里

记忆着

这个秋天

白天和黑夜相遇

我和你相遇

注：写于 2022 年 9 月 4 日 11 时 43 分，寄托贵阳疫情期间对白衣战士的赞美。

远去的世界

——纪念2023开年

那些时候

世界很小很小

小得我在房间的一头

你在房间的一头

那些时候

世界很小很小

小得我在小路的一头

你在小路的一头

那些时候

世界很小

小得我在城市的一头

你在城市的另一头

那些时候

世界很小

小得我在世界的一头

你在世界的另一头

过了很久很久

世界还是很小

小得我在时间这头

你却在了时间那头

世界依旧会很小

小得我长大了

你就远了

注：2023 年 1 月 7 日 19 时 22 分。

越走越远的那年

那一年

妈走了

越走越远

我也走了

越走越远

越走越远

就越来越想家

就越来越想回家

就越来越想回到那年

就整天待在家里

听妈喊我

注：写于 2023 年 4 月 28 日 20 时 22 分。

四月的最后一天

春天在谷雨后就开始变得忧伤

她不知道该如何表达这个离去

即便是在时间里不断地轮回

而我每次都能看着她的来到和离去

在这半世的岁月里轮回

苍老

对于她来说从没出现过

因为她在每次的重生中都会遗忘

只有我知道她在不断地转世

却从未对她诉说转世的等待

每次的相遇似乎都成了忧郁

我知道她会离去

但她不知道相遇

会在某个时间里离去

我突然想写她

写半世我与她的相遇

写半世她与我的相遇

春天本来就不知道有她自己

只是我心里慢慢地有了她

把她变成了我自己

在这半世里

我们不断地相遇和离去

也错过着相遇和离去

如今错过会变成一种惆怅

我惆怅着她的离去

不知道是否还能相遇

注：写于 2023 年 4 月 30 日 10 时 21 分，半世放笔。

后 记

还记得小学起我第一次学习了骆宾王的《咏鹅》，随后记忆比较深刻的还有孟浩然的《春晓》，李白的《望庐山瀑布》《静夜思》等，其余的似乎随着时间的流逝而逐渐淡忘。直到中学时，当我在学习艾青的《大堰河——我的保姆》这篇课文的时候，一瞬间一个火种在心里闪耀了一下，第一次有了灵感的跳动。

一晃二十几年过去了，大学所学的专业已经给自己带来了谋生的本事，小日子过得还算优哉游哉。虽然这段时间已经开始写了一些，但认知浅薄，基本上受到了课文中的优美散文和毛泽东诗词的影响。而这段时间的闲暇之余，特别是每天下班我路过贵阳紫林庵的新华书店，都要进去逛一圈。上海辞书出版社的书冥冥中就在此时向我发出了讯号，其中的一本是《汉魏六朝诗鉴赏辞典》，从刘邦的《大风歌》、项羽的《垓下歌》，一首首读下来，优美的文字一个个跃出纸面，迫不及待地诉说它们的故事。

而在我备考研究生的那段时间，《古诗十九首》似乎成了一种陪伴，它默默地在深夜凝望着寂静，而第二次灵感的跳动就无声无息地在这孤夜里悄悄来临。研究生毕业之后的原意是要从商，可事与愿违或者是天命如此，在商业圈转了一趟之后，回到了贵阳成为一名高校的专业教师。又过了十来年，偶然间读了流沙河老先生的《流沙河讲古诗十九首》，这下沉积在心灵深处的那团火焰有点要被点燃的意思。在阅读流沙河老先生的著作中，我感受到了一种严谨治学的态度，对历史背景的探究，对文字本意的缜密考察与思考，所有这些都在给我教导——如果你要真正理解中国诗词，还需要深入学习并理解中国文化、中国历史、中国文字。在随后的学习过程中流沙河先生、龙榆生先生、王力先生等无疑对我影响深刻。就这样我逐渐真正进入了古典诗词的门楼，第三次灵感的跳动也就此到来。

一晃半世，李白、杜甫、李煜、李清照和苏轼他们所经历的悲欢离合似乎就在我身上和身边上演，于是我把感受用他们的方式和我的方式写了出来，仿佛在一千年后的余音中彼此连接，滴水之间成了这一本《半月行》。

在这本《半月行》中，分别以古体诗、近体诗、词、杂言、白话诗的形式和时间顺序编排，共同指向了对生活的一种表达，它是我自己感受到的，也许也是你感受到的；它是我的喜怒哀乐、悲欢离合，也许也是你的喜怒哀乐、悲欢离合；它是我的思恋，也许也是你的思恋；它是我的怀念，也许也是你的怀念；它是我的期许，也许也是你的期许，我想回家，也许你也想回家……所以我愿意用它与你共勉，共勉东逝江水的岁月，共勉斯夫川上的感叹与怀念。

  悠悠岁老，吾之与度。

  陶陶眉弯，吾之与喜。

  离离声鸣，吾之与悲。

  飘飘月古，吾之与念。

2023 年 5 月 18 日

贵阳